U0458251

是先生与不先生

〔挪威〕卡莉·斯塔　著/绘

李菁菁　译

上海三联书店

这是是先生和不先生。
他们一起住在一座小山坡上的房子里。

是先生和不先生是一对好朋友 ， 不过他们俩很不一样。
是先生总是说"是"，而不先生总是说"不"。

是先生和不先生的家里面放满了是先生的东西。因为每当有推销员上门来卖东西的时候，是先生总是说"是"。所以他们家里的东西越来越多，特别是灯。不先生觉得家里的灯有点儿太多了。

有一天，不先生实在是受不了了。他觉得不能再这样下去了。他们得在屋子里建起一面墙，这样两个人就能有各自的房间了。另外，是先生也可以想有多少灯就有多少灯了。是先生表示同意。

一天，门外有人在敲门。是先生去开了门，看到是一个卖鼓的推销员。

他问是先生是否愿意买一个鼓。

是先生高兴地说："是，如果能有一个鼓那真是太好了。"

很快，不先生就在家里听到了敲鼓的声音。
他对是先生说，他们得把这幢屋子分成两半。
是先生迅速地回答："是。"

是先生必须要再建一层楼，才能有足够的地方把他所有的东西都放下。于是，他的房子变得特别高。这样一来，是先生的房子就把不先生的房子挡住了，阳光照不过去。因此，不先生让是先生把房子搬到别的地方去。
是先生说："是。"

是先生把他的房子放在了一辆车上，
然后开到了另一座小山坡上。
于是，这里有了是先生坡和不先生坡。
两边都很安静。太阳可以照耀在两边的
山坡上。

忽然有一天，是先生觉得有些无聊了。

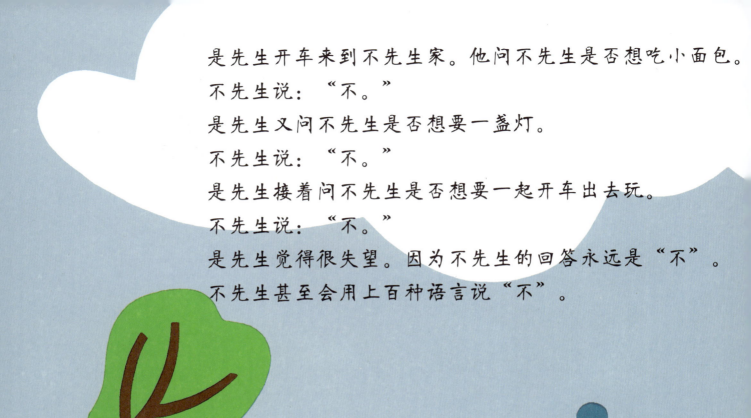

是先生开车来到不先生家。他问不先生是否想吃小面包。

不先生说："不。"

是先生又问不先生是否想要一盏灯。

不先生说："不。"

是先生接着问不先生是否想要一起开车出去玩。

不先生说："不。"

是先生觉得很失望。因为不先生的回答永远是"不"。

不先生甚至会用上百种语言说"不"。

是先生回到家后一直在思考，
他能不能想出一个办法，让
不先生同意什么事呢？

是先生一晚上都没有睡，一直
在想这件事。

第二天一早，他终于想出了一个办法。

是先生开车来到不先生家，问他：
"不先生，你好啊。你不会对开车出去玩的建议说不吧？"
不先生说："不。"

于是，是先生和不先生一起开车出了门。
是先生还带上了他的鼓，这样他们就能
在路上有音乐伴奏了。

他们走了一会儿。

是先生问："你不会对一块小面包说不吧?"

不先生说："不。"

然后是先生又问："你也不会对我们一直开到
外国去的建议说不吧?"

"不。"不先生回答道。

一路上，他们两个人吃了很多很多的
小面包，因为吃得太多，所以肚子都
撑得疼了。

他们在半路上遇到了一个小偷。
不先生觉得这个小偷看上去很坏。
小偷问他们是否能把他带到外国去。
是先生说："是。"

然而，这个小偷上车后问都没问就把剩下的小面包都拿走了。之后，他说他要把是先生的车偷走。是先生习惯性地很快说了一句"是"。

是先生和不先生坐在路边。
这时，一个推销员经过他们身边，问他们是否愿意
买一盏灯。
是先生说："是。"

天黑了，一只鳄鱼走过他们身边。
鳄鱼问是否可以吃了他们。

同往常一样，是先生说："是。"
于是，鳄鱼就把是先生和不先生，还有是先生
的那盏灯一起吞了下去。
吃完这顿饭后，鳄鱼打了一个很响的嗝。

鳄鱼的肚子里面很黑。

是先生和不先生觉得很害怕。

他们把帽子往下拉了拉，盖住眼睛。

但是这样一来，就变得更黑了。

于是，他们打开了那盏新买的灯。

开灯后，他们看到之前的那个小偷和是先生的车也在这里。小偷赶忙用身体挡住车，朝着他们两个人大喊："这是我的车！"

这时，不先生用响亮而有力的声音
对他大声地说："不！"
然后，不先生用鼓槌打了小偷的屁股。

他们把那盏灯撑在鳄鱼的大嘴里，让鳄鱼不能闭上嘴。
然后，他们开着是先生的车全速冲出了鳄鱼的肚子。

在他们逃脱出鳄鱼的大嘴后，鳄鱼生气极了，他向他们抗议。
于是，不先生用鳄鱼的语言说出了一句震耳欲聋的"不"！因为
他们再也不想回到那个黑漆漆的鳄鱼肚子里去了。

是先生觉得很开心，因为不先生会这么多外语，而且都说得特别好。

最后，他们一刻都没有停地开回了家。
是先生说："这真是一趟精彩的旅行。"
不先生说："是。"

图书在版编目（CIP）数据

是先生与不先生／（挪）卡莉·斯塔著绘；李菁菁译.
—上海：上海三联书店，2017.1
ISBN 978-7-5426-5749-7

Ⅰ.①是… Ⅱ.①卡… ②李… Ⅲ.①儿童故事－图画故事－挪威－现代
Ⅳ.①I533.85

中国版本图书馆CIP数据核字(2016)第268854号

JAKOB OG NEIKOB
Written and illustrated by Kari Stai

Copyright © Det Norske Samlaget, 2008
Norwegian edition published by Det Norske Samlaget, Norway
Published by agreement with Hagen Agency, Norway
The Simplified Chinese Edition Copyright © 2017 by Shanghai Joint Publishing Company

本译作获得挪威海外文学推广基金会的出版资助

是先生与不先生

著 · 绘 ／ [挪威]卡莉·斯塔
译 者 ／ 李菁菁
责任编辑 ／ 杜 鹃
监 制 ／ 李 敏
出版发行 上海三联书店
 (201199) 中国上海市都市路4855号2座10楼
网 址 ／ www.sjpc1932.com
邮购电话 ／ 021-22895557

印 刷 ／ 上海雅昌艺术印刷有限公司
版 次 ／ 2017年1月第1版
印 次 ／ 2017年1月第1次印刷
开 本 ／ 889×1194 1/16
字 数 ／ 850字
印 张 ／ 2.5
书 号 ／ ISBN 978-7-5426-5749-7/I · 1178
定 价 ／ 32.00元

敬启读者，如发现本书有印装质量问题，请与印刷厂联系021-68798999